Arthur Conan Doyle

L'Employé de l'agent de change

Texte et illustration de couverture : © domaine public
Edition : Culturea (Hérault, 34)
Contact : infos@culturea.fr
Retrouvez notre catalogue sur http://culturea.fr
Imprimé en Allemagne par Books on Demand
Design typographique : Derek Murphy
Layout : Reedsy (https://reedsy.com/)

Dépôt légal : janvier 2023

ISBN : 9791041927272

Table des matières

L'employé de l'agent de change

Peu de temps après mon mariage, j'avais acheté une clientèle dans le quartier de Paddington. Le vieux M. Farquhar, qui me l'avait cédée, avait été autrefois un excellent praticien de médecine générale ; mais son âge, compliqué d'un mal qui ressemblait à la danse de Saint-Guy, avait éloigné les patients de son cabinet. Rien d'anormal, n'est-ce pas, à ce que le public parte du principe que l'homme qui fait profession de soigner autrui doit être lui-même en bonne santé ? Beaucoup de gens se méfient du médecin dont les remèdes sont inefficaces pour son propre cas. Au fur et à mesure que déclinait mon prédécesseur, sa clientèle tombait. Quand je pris sa succession, elle était descendue de mille deux cents consultations annuelles à trois cents. Toutefois j'étais jeune, plein d'énergie, et j'avais confiance : quelques années, j'en étais sûr, me suffiraient pour remonter la pente.

Au cours des trois mois qui suivirent mon installation, je ne bougeai de chez moi que pour visiter mes malades ; je vis donc rarement mon ami Sherlock Holmes, qui ne se déplaçait presque jamais en dehors de ses affaires, puisque de mon côté j'étais trop occupé pour me rendre dans Baker Street. Aussi fus-je surpris, certain matin de juin, lorsque, assis en train de lire la Gazette médicale anglaise après mon petit déjeuner, j'entendis la sonnette bientôt suivie de la voix aiguë, presque stridente, de mon vieux camarade.

– Ah ! mon cher Watson ! s'écria-t-il en pénétrant dans le salon. Je suis ravi de vous voir. J'espère que Mme Watson est tout à fait remise des petites émotions que nous avons connues lors de notre aventure du « signe des quatre » ?

– Merci, tous deux nous allons très bien ! répondis-je en lui serrant chaleureusement la main.

– Et j'espère aussi, reprit-il en s'asseyant dans le rocking-chair, que les soucis de l'exercice de la médecine n'ont pas entièrement détruit l'intérêt que vous portiez à nos petits problèmes de logique ?

– Au contraire ! répondis-je. Hier soir encore je me suis plongé dans mes vieilles notes pour classer quelques-uns de nos résultats. Considéreriez-vous votre collection comme terminée, achevée, complète ?

– Pas du tout ! Je ne souhaiterais rien de mieux que de l'enrichir d'expériences nouvelles.

– Aujourd'hui par exemple ?

– Oui. Aujourd'hui si cela vous plaît.

– Et aussi loin qu'à Birmingham ?

– Certainement, si vous le désirez.

– Et la clientèle ?

– J'assure celle de mon voisin quand il s'en va. Il est toujours prêt à acquitter ses dettes.

– Ah !' voilà qui est parfait ! s'exclama Holmes en se laissant aller dans son fauteuil et en me regardant attentivement à l'abri de ses paupières à demi closes. Je m'aperçois que ces derniers temps votre santé n'a pas été brillante. Les rhumes de l'été sont toujours assez fatigants.

– J'ai dû rester à la chambre trois jours la semaine dernière à cause d'un coup de froid. Mais je croyais que je n'en arborais aucune trace.

– En effet. Vous paraissez remarquablement en forme.

– Comment alors avez-vous su que j'avais été souffrant ?

–Vous connaissez mes méthodes, cher ami !

– Vous l'avez déduit ?

– Exactement.

– Et de quoi ?

– De vos pantoufles.

Je considérai les pantoufles vernies neuves que je portais.

– Comment diable ?...

Holmes répondit à ma question avant que j'eusse eu le temps de la formuler.

– Vos pantoufles sont neuves, dit-il. Il ne peut pas y avoir plus de quelques semaines que vous les avez. Or les semelles que vous présentez en ce moment à ma vue sont légèrement roussies. Un instant j'ai pensé que vous aviez pu les mouiller, puis les roussir en les séchant. Mais près de la cambrure je vois un petit disque rouge de papier avec les hiéroglyphes du marchand. L'humidité l'aurait naturellement décollé. Vous vous êtes donc assis les pieds au feu, ce qu'un homme en parfaite santé n'aurait pas fait, même par un mois de juin aussi pluvieux que celui dont nous sommes gratifiés.

Les raisonnements de Holmes avaient ceci de particulier : une fois l'explication fournie, la chose était la simplicité même. Il lut ce sentiment sur mon visage. Son sourire se nuança d'amertume.

– J'ai l'impression que je me déprécie quand j'explique, dit-il. Des résultats sans cause sont beaucoup plus impressionnants. Êtes-vous prêt à partir pour Birmingham ?

– Bien sûr ! De quelle affaire s'agit-il ?

– Je vous la raconterai dans le train. Mon client est dehors dans une voiture. Pouvez-vous venir tout de suite ?

– Une minute, et je suis à vous.

Je griffonnai un billet pour mon voisin, montai quatre à quatre afin d'avertir ma femme, et rejoignis Holmes sur le pas de ma porte.

– Votre voisin est un médecin ? me demanda-t-il en me désignant la plaque de cuivre.

– Oui. Il a acheté une clientèle comme moi.

– Une clientèle établie depuis longtemps ?

– Comme la mienne. Toutes deux existaient depuis que les maisons ont été construites.

– Ah ! dans ce cas vous vous êtes assuré de la meilleure des deux.

– Je pense que oui. Mais comment le savez-vous ?

– Par les marches, mon cher. Les vôtres sont trois fois plus usées que les siennes. Mais voici, dans cette voiture, mon client M. Hall Pycroft. Permettez-moi de vous présenter à lui. Fouettez votre cheval, cocher ! Car nous avons juste le temps d'arriver à la gare pour prendre le train.

L'homme en face de qui je m'assis était jeune, bien bâti, avec un teint clair, un visage ouvert et honnête, et une petite moustache blonde frisée. Il portait un haut-de-forme fort brillant, un costume noir sombre et élégant, bref, ce qu'il fallait pour lui donner l'apparence de ce qu'il était : un jeune familier de la City appartenant à cette classe que l'on a baptisée Cockneys mais qui a fourni l'élite de nos régiments de volontaires, de nos sportifs et de nos athlètes. Sa figure ronde, rougeaude, respirait naturellement la bonne humeur, mais les coins de sa bouche s'étaient affaissés sous l'effet d'une détresse qui ne me parut pas exempte de comique. Il me fallut attendre cependant que nous fussions installés dans notre compartiment de première classe et que notre train eût démarré dans la direction de Birmingham pour apprendre la nature de l'ennui qui l'avait conduit chez Sherlock Holmes.

– Nous avons soixante-dix minutes devant nous, annonça Holmes. Je vous demande, monsieur Hall Pycroft, de bien vouloir faire part à mon ami de votre très intéressante aventure, exactement comme vous m'en avez fait part à moi-même, avec même quelques détails supplémentaires si possible. Cela me sera utile d'entendre à nouveau la succession des faits. Il s'agit d'un cas, Watson, peut-être parfaitement creux, mais qui du moins présente ces caractéristiques sortant de l'ordinaire qui vous sont aussi chères qu'à moi. Maintenant, monsieur Pycroft, je ne vous interromprai plus.

Notre jeune compagnon me regarda avec une lueur de malice dans les yeux.

– Le pire dans cette histoire, dit-il, c'est que j'ai l'air du plus fieffé des idiots. Évidemment, rien n'est encore catastrophique, et, d'ailleurs, je ne vois pas comment j'aurais pu agir autrement. Mais si j'ai perdu ma place sans compensation, alors je paierai cher pour le doux crétin que j'aurai été ! Je ne suis pas très fort pour raconter les histoires, docteur Watson, mais il faut me prendre comme je suis.

« Je travaillais chez Coxon and Woodhouse, à Draper's Garden, mais au début du printemps ils eurent un coup dur avec l'emprunt vénézuélien, comme vous vous rappelez sans doute, et ce fut une méchante faillite. J'étais resté chez eux cinq ans ; le vieux Coxon me délivra un fameux certificat quand survint le krach. Mais nous, les employés, au nombre de vingt-sept, nous fûmes tous sur le pavé. Je frappai à plusieurs portes, mais il y avait beaucoup d'autres types dans mon cas et j'essuyai partout un fiasco complet. Chez Coxon, on me payait trois livres par semaine ; j'en avais économisé environ soixante-dix ; mais je commençais à en voir la fin. J'étais quasiment à sec. C'était tout juste si je pouvais acheter des timbres pour écrire aux petites annonces et des enveloppes pour y coller mes timbres. J'avais troué mes semelles à force de monter les escaliers des bureaux. Toujours rien en vue.

« Finalement, je sus qu'il y avait une place libre chez Mawson and William's, le grand agent de change de Lombard Street. Les histoires de Bourse, ça n'est peut-être pas votre rayon, mais je peux vous garantir que Mawson and William's compte parmi les maisons très prospères de Londres. A l'annonce qui avait paru, il fallait répondre par lettre. J'envoyai mon certificat et mon curriculum vitae, mais sans grand espoir. Par retour du courrier, je reçus une réponse m'informant que si je me présentais le lundi suivant, je pourrais immédiatement entrer en fonctions, à condition que mon aspect extérieur fût satisfaisant. Personne ne sait comment ces choses-là se décident. Il y en a qui affirment que le directeur se contente de plonger sa main dans le tas et de prendre le premier nom qui sort. En tout cas, le mien était sorti ; rien ne pouvait me faire davantage plaisir ! Pour appointements de début, on me proposait une livre de plus par semaine que chez Coxon, avec des fonctions à peu près analogues.

« Et maintenant j'en viens à la partie bizarre de mon histoire. Je logeais en garni sur la route de Hampstead : 17, Potter's Terrace. Bon. Le soir même du jour où j'avais reçu ma promesse d'emploi, je fumais un cigare le cœur en paix, lorsque la propriétaire monta dans ma chambre avec une carte de visite sur laquelle je lus : Arthur Pinner, agent financier. Je n'avais jamais entendu parler de ce Pinner, et je me demandai bien ce qu'il pouvait me vouloir, mais naturellement je le fis monter. Le voilà qui entre : taille moyenne, cheveux bruns, yeux noirs, barbe noire, avec un je ne sais quoi d'un peu juif dans le nez. Il a des manières vives, il parle bref, comme un monsieur qui connaît la valeur du temps.

« – Monsieur Hall Pycroft, je crois ?

« – Oui, monsieur.

« Je lui avance une chaise.

« – Vous étiez récemment chez Coxon and Woodhouse ?

« – Oui, monsieur.

« – Et engagé maintenant par Mawson ?

« – Exact.

« – Bon, fait-il. Voilà : j'ai entendu quelques histoires peu banales sur vos capacités financières. Vous vous rappelez Parker, le directeur de Coxon ? Il était intarissable à votre sujet.

« Evidemment, j'étais bien aise de l'entendre. Au bureau j'avais toujours bien travaillé, mais je n'aurais jamais cru que dans la City on parlait autant de moi.

« – Vous avez une bonne mémoire ? me demande-t-il.

« – Assez ! dis-je modestement.

« – Êtes-vous demeuré en contact avec la Bourse pendant que vous n'avez pas travaillé ?

« – Oui. Tous les matins je lis la cote des valeurs.

« – Voilà qui dénote une réelle application ! s'écrie-t-il. Voilà comment on s'enrichit ! Vous ne m'en voudrez pas si je vous mets à l'épreuve, n'est-ce pas ? A combien aujourd'hui les Ayrshires ?

« – 105, contre 105 1 / 4.

« – Et le consolidé de Nouvelle-Zélande ?

« – 104.

« – Et les Broken Hills anglais ?

« – 7 contre 7 et 6.

« – Merveilleux ! s'exclame-t-il en levant les bras. Exactement ce que j'aurais répondu. Mon garçon, mon garçon, vous êtes bien calé pour prendre une place d'employé chez Mawson !

« Cette explosion m'étonne, comme vous pouvez le penser. Ma foi, dis-je à M. Pinner, d'autres gens ne m'apprécient pas autant que vous. J'ai dû me bagarrer dur avant de trouver ce job et je suis rudement content de l'avoir obtenu.

« – Peuh ! mon cher ! Vous devriez voler plus haut, voyons ! Vous n'êtes pas dans votre vraie sphère. Moi, ce que je vous offre est peu de chose par rapport à vos capacités, mais par rapport à ce que vous offre Mawson, c'est le jour à côté de la nuit. Dites-moi ; quand vous présentez-vous chez Mawson ?

« – Lundi.

« – Ah ! ah ! Je parierai bien une petite somme que vous n'irez chez Mawson.

« – Pas chez Mawson ?

« – Non, monsieur ! Lundi vous serez directeur commercial de la société de quincaillerie Franco-Midland, Sarl., qui groupe cent trente-quatre succursales dans les villes et villages de France, sans compter celles de Bruxelles et San Remo.

« J'en ai le souffle coupé. Je murmure :

« – Mais je n'en ai jamais entendu parler !

« – Rien d'étonnant. Tout cela a été tenu très secret. Le capital a été entièrement souscrit par des particuliers : c'est une trop jeune affaire pour y admettre le public. Mon frère, Harry Pinner, est l'animateur et l'administrateur délégué. Il savait que j'étais dans le bain, et il m'a demandé de lui trouver un brave type pas cher... c'est-à-dire un homme jeune, actif, plein de mordant, d'énergie. Parker m'a parlé de vous, voilà pourquoi je suis ici ce soir. Nous ne pouvons vous offrir qu'un salaire de misère : cinq cents pour débuter...

« Je hurle :

« – Cinq cents livres par an ?

« – Seulement pour commencer. Mais vous aurez une commission de 1 % sur toutes les affaires enlevées par vos agents, et vous pouvez me croire : cette commission doublera votre salaire !

« – Mais je ne connais rien à la quincaillerie !

« – Tut ! mon garçon, vous vous y connaissez en chiffres !

« J'ai des bourdonnements dans la tête. Je voudrais bien rester calme et tranquille sur ma chaise, mais c'est difficile. Soudain un petit frisson de doute me chatouille.

« – Il faut que je sois franc avec vous, lui dis-je. Mawson ne m'offrait que deux cents livres, mais Mawson est une affaire sérieuse, sûre. En réalité, je sais si peu de chose sur votre société que...

« – Ah ! parfait ! Bravo ! s'écrie-t-il dans une sorte d'extase. Vous êtes exactement l'homme qu'il nous faut ! On ne vous la fait pas, à vous, et vous avez bien raison ! Tenez, voici un billet de cent livres. Si vous pensez que nous pouvons nous entendre, vous n'avez qu'à le glisser dans votre poche : ce sera une avance sur votre salaire.

« – C'est fort généreux de votre part, dis-je. Quand dois-je débuter dans mon nouvel emploi ?

« -Soyez à Birmingham demain à une heure. J'ai dans ma poche une lettre que vous remettrez à mon frère. Vous le trouverez au 126 B, Corporation Street, où sont situés les bureaux provisoires de la société. Naturellement, c'est lui qui vous confirmera votre engagement, mais entre nous l'affaire est conclue.

« – Vraiment, je ne sais comment vous exprimer ma gratitude, monsieur Pinner, lui dis-je.

« – Mais pas du tout, mon garçon ! Vous n'avez que ce que vous méritez. Il y a une ou deux choses, de simples formalités, que je voudrais régler avec vous. Avez-vous une feuille de papier ici ? Bon. Écrivez : « Je soussigné déclare accepter les fonctions de directeur commercial à la société de quincaillerie Franco-Midland, contre des appointements minima de cinq cents livres. »

« Je fais ce qu'il demande, et il met le papier dans sa poche.

« — Encore un autre détail, reprend-il. Qu'avez-vous l'intention de faire avec Mawson ?

« Dans ma joie, j'avais complètement oublié Mawson.

« — Je vais écrire une lettre de démission.

« — Voilà précisément ce que je ne veux pas. Figurez-vous que je me suis disputé à propos de vous avec le directeur de Mawson. J'étais monté lui parler de vous, et il a été très désagréable. Insultant même ! Il m'a accusé de vouloir vous embobeliner pour vous faire quitter sa firme. A la fin, j'ai presque perdu mon sang-froid et je lui ai lancé :

« — Si vous voulez de bons employés, il faut les payer un bon prix.

« Il m'a répondu :

« — Il préférerait avoir notre petit salaire plutôt que le vôtre !°

« Et moi j'ai répondu :

« — Je vous parie cinq livres que lorsqu'il aura écouté mes offres, vous n'entendrez plus jamais parler de lui.

« Il m'a dit :

« — Tenu ! Nous l'avons ramassé dans le ruisseau, il ne nous lâchera pas de sitôt !

« Voilà ses propres paroles.

« – L'impudent coquin ! Jamais je ne l'ai vu de ma vie ! D'ailleurs pourquoi m'occuperais-je de lui ? Si vous préférez que je ne lui écrive pas, certainement je ne lui écrirai pas !

« – Bien ! Voilà qui est promis, me dit-il en se levant de sa chaise. Hé bien ! je suis ravi d'avoir déniché pour mon frère quelqu'un d'aussi intelligent. Voici votre avance de cent livres, et voici la lettre. Prenez note de l'adresse, 126 B, Corporation Street, et souvenez-vous de l'heure de votre rendez-vous : demain à une heure. Bonne nuit. Je vous souhaite de gagner tout l'argent que vous méritez !

« Voilà tout ce qui s'est passé entre nous, si mes souvenirs sont exacts. Vous imaginez, docteur Watson, comme j'étais content une chance aussi peu ordinaire ! Je passai la moitié de la nuit à remuer tout ça dans ma tête, et le lendemain je partis pour Birmingham par un train qui me laissait suffisamment de temps pour arriver à l'heure. Je déposai mes affaires dans un hôtel de New Street, et je me rendis à l'adresse indiquée.

« J'étais en avance d'un quart d'heure, mais je me dis que ça n'avait pas d'importance. Le 126 B était un couloir entre deux grandes boutiques, qui menait à un escalier de pierre en colimaçon sur lequel ouvraient de nombreux appartements, loués en guise de bureaux à des sociétés ou à des membres de professions libérales. Les noms des locataires étaient badigeonnés sur un tableau, mais je ne vis pas le nom de la S. à r. l. Franco-Midland de quincaillerie. Je demeurai interdit, j'en avais le cœur gros comme une montagne, je me demandais si toute cette affaire était une mystification... Et puis un homme survint et m'adressa la parole. Il ressemblait beaucoup au type que j'avais vu la veille au soir : il avait la même voix, la même silhouette, mais il était imberbe et ses cheveux étaient plus clairs.

« – Seriez-vous M. Hall Pycroft ? me demande-t-il.

« – Oui.

« – Ah ! je vous attendais, mais vous êtes un peu en avance. J'ai reçu ce matin une lettre de mon frère : il me chante vos louanges.

« – J'étais en train de chercher vos bureaux.

« – Nous n'avons pas encore notre nom inscrit ici, car ce n'est que la semaine dernière que nous avons pu nous procurer ces locaux provisoires. Venez avec moi, nous allons parler de l'affaire.

« Je le suis jusqu'en haut d'un escalier, sous les ardoises. Là deux petites pièces vides et poussiéreuses, sans tapis et sans rideaux, dans lesquelles il me pousse. Moi j'avais pensé à un grand bureau avec des tables étincelantes, des employés rangés derrière comme j'y étais habitué ! Alors je regarde plutôt interloqué deux chaises branlantes et une petite table qui, avec un registre et une corbeille à papier, composaient tout l'ameublement.

« – Ne vous découragez pas, monsieur Pycroft, s'écrie ma nouvelle connaissance en voyant la tête que je faisais. Rome ne s'est pas construit en un jour ; nous avons beaucoup d'argent derrière nous, quoique nous ne fassions pas énormément d'épate dans nos bureaux. Allons, asseyez-vous et donnez-moi votre lettre.

« Je la lui donne. Il la lit très soigneusement.

« – Vous semblez avoir produit une très forte impression sur mon frère Arthur, dit-il en reposant la lettre. Or je le connais bien il a le jugement sain. Certes il ne jure que par Londres et moi par Birmingham : toutefois, en cette occasion, je suivrai son avis. Veuillez vous considérer comme définitivement engagé.

« – Qu'aurai-je à faire ?

« – Vous aménagerez bientôt notre grand dépôt de Paris qui va déverser un flot de faïences et de poteries anglaises dans les magasins de nos cent trente quatre agents en France. L'achat sera totalement effectué dans la semaine. D'ici là vous resterez à Birmingham et vous vous rendrez utile.

« – En quoi faisant ?

« Pour toute réponse, voilà qu'il prend dans un tiroir un gros livre rouge.

« – Ceci est le Bottin, me dit-il. Le Bottin est la liste des habitants de Paris ; leur profession est inscrite après le nom. Je voudrais que vous emportiez ce livre chez vous et que vous releviez les noms de tous les quincailliers avec leurs adresses. Cela me servirait beaucoup d'avoir cette liste.

« – Sûrement il en existe déjà dans des annuaires, non ?

« – On ne peut pas se fier à elles. Leur système est différent du nôtre. Mettez-vous là-dessus et venez m'apporter vos listes lundi prochain à midi. Au revoir, monsieur Pycroft. Si vous continuez à montrer du zèle et de l'intelligence, vous trouverez que la société est un bon patron.

« Je rentre à l'hôtel, avec sous le bras, le gros livre rouge et, dans le cœur, des sentiments fort contradictoires. D'un côté je suis définitivement engagé et j'ai cent livres en poche. De l'autre aspect des bureaux, l'absence du nom sur le tableau et d'autres détails qui auraient frappé un homme d'affaires m'ont fâcheusement impressionné sur la situation de mes employeurs. Mais après tout, j'ai mon argent. Advienne que pourra ! Je m'attelle donc à ma tâche. Tout le dimanche, je demeure penché au-dessus du Bottin, et lundi je n'en suis arrivé qu'à la lettre H. Je retourne chez mon patron. Je le trouve dans la même pièce vide. Il me dit de continuer jusqu'au bout, et de revenir mercredi.

Mercredi je n'ai pas encore terminé. Je travaille d'arrache-pied jusqu'à vendredi, c'est-à-dire hier. Alors j'apporte mon travail à M. Harry Pinner.

« – Je vous remercie beaucoup, me dit-il. Je crains d'avoir sous-estimé les difficultés de cette tâche. Vous avez fait là un travail qui me sera d'un secours matériel considérable.

« – Et qui m'a pris du temps !

« – Maintenant, reprend-il, je vais vous demander de me dresser la liste des maisons d'ameublement, car elles vendent toutes de la quincaillerie.

« – Très bien.

« – Venez demain soir à sept heures pour me dire où vous en serez. Ne vous surmenez pas. Deux heures de music-hall dans la soirée ne vous feront pas de mal après vos travaux.

« Le voilà qui se met à rire tout en me parlant, et je m'aperçois non sans sursauter que sa deuxième dent du côté gauche a un très vilain plombage en or.

Sherlock Holmes se frotta les mains avec ravissement, tandis moi je contemplais avec ahurissement notre client.

– Oui, oui ! Vous avez bien raison de paraître sidéré, docteur Watson ! me dit-il. Mais pourtant c'est ainsi. Quand j'avais causé avec l'autre type à Londres il avait ri à l'idée que je n'irais pas chez Mawson. Et j'avais remarqué que sa dent était plombée, très exactement comme celle que j'ai vue hier. Vous comprenez : le reflet de l'or, dans les deux cas, fixa mon attention. Quand je réfléchis que la voix et la silhouette étaient les mêmes, et que les seules caractéristiques qui différaient pouvaient provenir d'un coup de rasoir ou d'une perruque, je me dis que c'était certainement un seul et même homme. Bien sûr, on comprend que deux frères se ressemblent, mais pas au point d'avoir la même dent plombée de la même façon... Il me congédia et je me retrouvai dans la rue, ne sachant pas trop si je marchais sur la tête ou sur les talons. Je revins à mon hôtel, me plongeai la tête dans l'eau froide et essayai de penser.

« Pourquoi m'avait-il envoyé de Londres à Birmingham ? Pourquoi était-il arrivé à Birmingham avant moi ? Pourquoi s'était-il écrit une lettre à lui-même ? C'était trop de problèmes pour ma tête ; je n'y comprenais rien. Et soudain l'idée me traversa que ce qui était pour moi noir comme la nuit pouvait être clair comme le jour pour M. Sherlock Holmes. J'ai eu juste le temps de prendre le train de nuit, de le voir ce matin et de vous ramener tous deux à Birmingham.

Lorsque l'employé de l'agent de change eut terminé le récit de sa surprenante aventure, il y eut un instant de silence. Puis Sherlock Holmes m'adressa un clin d'œil et s'adossa aux coussins avec la figure à la fois satisfaite et critique d'un connaisseur qui vient de s'humecter le palais avec un grand cru de l'année.

– Pas mal, Watson, n'est-ce pas ? Il y a dans cette affaire certains détails qui me plaisent. Je pense que vous conviendrez avec moi qu'un entretien avec M. Harry Pinner, au siège provisoire de la Franco-Midland, ne manquerait pas de piquant pour nous deux ?

– Mais comment pourrons-nous ?... demandai-je.

– Oh ! rien de plus facile ! s'exclama joyeusement Hall Pycroft. Vous êtes deux de mes amis qui cherchez un emploi. Quoi de plus normal que je vous présente à l'administrateur délégué ?

– Bien sûr ! D'accord ! fit Holmes. Je voudrais voir de près ce personnage et tenter de percer son petit jeu. Quelles qualités, mon ami, possédez-vous donc pour que vos services soient si hautement évalués ? Ou serait-il possible que...

Il se mit à se ronger les ongles et à regarder obstinément par la portière. Nous n'obtînmes pas plus de deux ou trois paroles de lui avant notre arrivée dans New Street.

A sept heures, ce soir-là, nous déambulions tous les trois dans Corporation Street vers les bureaux de la société.

– Ce n'est pas la peine d'arriver en avance, nous expliqua notre client. Il ne vient là que pour me voir apparemment, car les lieux sont inoccupés jusqu'à l'heure fixée pour notre rendez-vous.

– Voilà qui est suggestif ! observa Holmes.

– Je vous l'avais bien dit ! s'exclama subitement l'employé de banque. Le voici qui marche devant nous.

Il nous désigna un homme plutôt petit, blond, bien habillé, qui se hâtait sur l'autre trottoir. Tandis que nous le surveillions, il regarda du côté d'un gamin qui hurlait les titres de la dernière édition du journal du soir, s'élança au milieu des voitures et des autobus pour en acheter un. Puis, le journal dans une main, il disparut par une porte.

– C'est là ! s'écria Hall Pycroft. Il monte aux bureaux de la société. Venez avec moi. Je vais tout régler le plus facilement du monde.

Nous grimpâmes cinq étages à sa suite ; notre client frappa à une porte entrouverte.

– Entrez !

Nous nous trouvâmes alors dans la pièce nue et vide qui nous avait été décrite. Devant la table unique était assis l'homme que nous avions aperçu dans la rue ; le journal du soir était étalé sous ses yeux. Quand il leva la tête, il me sembla que je n'avais jamais vu de visage portant autant de signes d'accablement, et de quelque chose au-delà de l'accablement… d'une horreur telle que peu de gens en éprouvent au cours de leur existence ! Son front était luisant de sueur, ses joues avaient la couleur blanchâtre d'un ventre de poisson, dans ses yeux brillait un sauvage regard fixe. Il regarda son employé comme s'il ne le reconnaissait plus, et je constatai d'après l'étonnement qu'exprimait la figure de notre guide que cette contenance n'était pas du tout celle à laquelle il l'avait habitué.

– Vous paraissez souffrant, monsieur Pinner ! s'exclama-t-il.

– Oui, je ne me sens pas très bien ! répondit l'autre en faisant des efforts évidents pour se ressaisir.

Il passa sa langue sur ses lèvres avant de demander :

– …Quels sont ces messieurs que vous avez amenés avec vous ?

– L'un est M. Harris, de Bermondey, et l'autre M. Price, de cette ville, annonça notre employé avec aisance. Ce sont deux amis à moi, des hommes d'expérience, mais ils sont chômeurs depuis quelque temps, et ils espéraient que peut-être vous pourriez utiliser, leurs capacités dans la société.

– Bien possible ! Bien possible ! fit M. Pinner avec un sourire affreux à voir. Oui, nous pourrons sans doute faire quelque chose pour vous. Quelle est votre spécialité, monsieur Harris ?

– Je suis comptable, répondit Holmes.

– Ah ? Nous aurons justement besoin d'un teneur de livres. Et vous, monsieur Price ?

– Employé de bureau, répondis-je.

– J'ai tout lieu d'espérer que la société pourra vous engager. Je vous le ferai savoir dès que nous serons entrés dans la voie des décisions. Et maintenant, je vous prie de me laisser. Pour l'amour de Dieu, laissez-moi seul !

Ces derniers mots avaient jailli de sa bouche comme si la contrainte qu'il avait visiblement exercée sur lui-même avait brusquement volé en éclats. Holmes et moi échangeâmes un regard, et Hall Pycroft fit un pas vers la table.

– Vous oubliez, monsieur Pinner, que vous m'avez donné rendez-vous ici pour que je reçoive vos instructions, dit-il.

– Certainement, monsieur Pycroft, certainement ! répondit l'autre d'une voix plus calme. Vous pouvez attendre un moment, et il n'y a pas de raisons pour que vos amis n'attendent pas avec vous. Je serai tout à fait à votre disposition dans trois minutes, si tant est que je puisse abuser de votre patience jusque-là.

Il se leva avec un air très courtois, s'inclina en passant devant nous, ouvrit une porte située à l'autre bout du bureau et la referma derrière lui.

– Qu'est-ce que cela veut dire ? chuchota Holmes. Va-t-il nous filer entre les doigts ?

– Impossible ! répondit Pycroft.

– Pourquoi ?

– Cette porte donne sur une pièce intérieure.

–Sans issue ?

– Sans autre issue que la porte.

– Est-elle meublée ?

– Hier elle était vide.

– Alors que peut-il y faire ? Quelque chose m'échappe dans cette affaire. Si jamais un homme a été aux trois quarts fou de terreur, c'est bien Pinner. Qu'est-ce qui a bien pu lui donner la tremblote ?

– Il a pensé que nous étions des policiers, dis-je.

–C'est sûr ! fit Pycroft.

Holmes secoua la tête.

– Il n'est pas devenu blême. Il était blême quand nous sommes entrés. Il est possible que...

Sa phrase fut interrompue par un toc-toc assez fort qui venait de la porte intérieure.

– Pourquoi diable frappe-t-il à sa propre porte ? cria l'employé.

A nouveau et beaucoup plus fort retentit le toc-toc-toc. Cette porte fermée commençait à nous énerver. Je me tournai vers Holmes et je vis sa figure se figer tandis qu'il se penchait en avant avec une excitation intense. Puis soudain nous entendîmes une sorte de gargouillement et un vif tambourinage sur du bois. Holmes bondit comme un forcené à travers la pièce et poussa sur la porte. Elle était assujettie de l'intérieur. Ensemble nous pesâmes dessus de toute notre force, de tout notre poids. Une charnière sauta, puis une autre ; enfin la porte céda. Nous nous élançâmes par-dessus les débris.

La pièce était vide.

Notre embarras ne dura qu'une seconde. Dans un angle, l'angle le plus proche du bureau où nous avions attendu, il y avait une deuxième porte. Holmes sauta, l'ouvrit. Par terre gisaient une veste et un gilet. A un crochet fixé derrière la porte était pendu, avec ses propres bretelles autour du cou, l'administrateur délégué de la société de quincaillerie Franco-Midland. Il avait les genoux remontés, la tête qui faisait un angle atroce avec le reste du corps ; le battement de ses talons contre la porte avait été le bruit qui avait interrompu notre conversation. En un instant je l'avais attrapé par la taille, soulevé, tandis que Holmes et Pycroft dénouaient les bandes élastiques qui avaient presque disparu entre les plis blanchâtres de la peau. Puis nous le transportâmes dans l'autre pièce. Il resta là étendu ; sa figure avait le teint plombé de l'ardoise ; à chaque souffle ses lèvres rouges se gonflaient et se dégonflaient. Une véritable ruine, à côté de ce qu'il était quelques minutes plus tôt !

– Qu'est-ce que vous en pensez, Watson ? me demanda Holmes.

Je me penchai pour procéder à un bref examen. Le pouls était faible et irrégulier. Mais sa respiration se faisait moins saccadée et ses paupières frémissaient assez pour laisser voir un peu du blanc de l' œil.

– Il était moins cinq ! Mais à présent il vivra. Tenez, ouvrez la fenêtre s'il vous plaît, et apportez-moi la carafe d'eau...

Je lui déboutonnai le col, j'aspergeai sa figure, et je fis exécuter à ses bras tous les mouvements classiques destinés à ranimer les asphyxiés, jusqu'à ce qu'il émît un souffle long et normal.

– ...Ce n'est plus qu'une question de temps, dis-je en me détournant de lui.

Holmes se tenait près de la table, les deux mains enfoncées dans les poches de son pantalon et le menton baissé contre la poitrine.

– Je suppose que nous devrions maintenant appeler la police, dit-il. Pourtant j'avoue que je préférerais remettre aux policiers une affaire complètement élucidée.

– Tout ça, c'est énigme et Cie ! s'écria Pycroft en se grattant la tête. Pourquoi voulaient-ils me faire monter et me garder ici, et puis ?...

– Peuh ! fit Holmes avec impatience. Tout est devenu assez clair. Sauf ce dernier geste subit.

– Vous comprenez donc le reste ?

– Le reste est l'évidence même. Qu'est-ce que vous dites, Watson ?

Je haussai les épaules.

– Moi je n'y comprends rien !

– Oh ! voyons, si vous considérez les premiers éléments, ils ne mènent qu'à une seule conclusion !

– Quelle est votre théorie, alors ?

– Toute l'affaire repose sur deux points. Le premier, c'est la déclaration qu'on fait écrire à Pycroft et par laquelle celui-ci entre au service de cette absurde société. Vous ne voyez pas son importance ?

– Je crains que non.

– Allons ! Pourquoi en avaient-ils besoin ? Pas pour la bonne règle, car ces sortes d'arrangements sont habituellement verbaux ; en quel honneur y aurait-il eu une exception ? Ne voyez-vous pas, mon jeune ami, qu'ils étaient très désireux d'obtenir un spécimen de votre écriture et que c'était pour eux le seul moyen de l'avoir ?

– Mais pourquoi ?

– D'accord ! Pourquoi ? Quand nous aurons répondu à ce pourquoi, nous aurons progressé vers la solution de notre petit problème. Quelqu'un voulait apprendre à imiter votre écriture, et il lui fallait auparavant s'en procurer un exemplaire. Et maintenant, si nous passons au deuxième point, nous découvrons que chacun éclaire l'autre. Le deuxième point est celui-ci : Pinner vous demande de ne pas démissionner de votre emploi : Pinner veut laisser croire au directeur de Mawson qu'un M. Hall Pycroft, qu'il n'a jamais vu, prendra son service lundi matin.

– Mon Dieu ! s'exclama notre client. Quelle linotte j'ai été !

– A présent, mesurez-vous l'importance de votre déclaration manuscrite ? Supposez que quelqu'un prenne votre place, et que ce quelqu'un ait une écriture très différente de celle par laquelle vous avez posé votre candidature, la supercherie aurait été éventée. Mais entre-temps, le coquin a appris à vous imiter ; sa situation était donc bien assurée, car je présume que personne dans les bureaux ne vous avait jamais vu ?

– Personne ! gémit Pycroft.

– Parfait ! Naturellement, il était du plus haut intérêt de vous empêcher de trop réfléchir là-dessus, comme de vous éviter tout contact vous permettant d'apprendre que vous aviez un double qui travaillait chez Mawson. Voilà pourquoi ils vous ont donné une jolie avance sur vos appointements, et expédié dans les Midlands, où il vous accablèrent de travail pour que vous ne puissiez pas vous rendre à Londres et compromettre leur petite combinaison. Tout cela est assez simple.

– Mais pourquoi cet homme ferait-il semblant d'être son propre frère ?

– Mais c'est également fort clair ! Dans ce complot, ils sont évidemment deux. L'autre est en train de se faire passer pour vous au bureau. Celui-ci a joué le rôle de vous engager, et puis il a trouvé qu'il ne pourrait pas vous dénicher un patron sans mettre une troisième personne dans le secret. Ce à quoi il ne tenait pas du tout. Il a donc modifié son aspect extérieur du mieux qu'il a pu, et il a attribué cette ressemblance que vous deviez évidemment remarquer à un air de famille. Mais par chance il y a eu le plombage en or. Sinon vous n'auriez sans doute rien soupçonné !

Hall Pycroft dressa en l'air ses mains jointes.

– Seigneur ! s'écria-t-il. Mais pendant que je jouais l'imbécile ici, que fabriquait l'autre Hall Pycroft chez Mawson ? Que devons-nous faire, monsieur Holmes ? Dites-moi quoi faire !

– Il faut télégraphier chez Mawson.

– Le samedi, ils ferment à midi.

– N'importe. Il peut y avoir un concierge ou un gardien...

– Ah ! oui ! Ils emploient un gardien en permanence à cause des valeurs qu'ils détiennent dans leurs coffres. Je me rappelle en avoir entendu parler dans la City.

–Très bien. Nous allons télégraphier au gardien pour savoir si tout se passe bien, et si un employé à votre nom travaille dans l'établissement. Cela est assez clair. Par contre, ce qui l'est moins, c'est pourquoi l'un des coquins, du seul fait qu'il nous voit, quitte cette pièce et va aussitôt se pendre à côté.

– Le journal ! grinça une voix derrière nous.

Le coquin en question, tout blanc, s'était mis sur son séant ; on aurait dit un spectre ; la raison commençait à réapparaître dans ses yeux ; il frictionnait nerveusement le large sillon rouge creusé autour de son cou.

– Le journal ! Bien sûr ! s'écria Holmes au paroxysme de l'excitation. Idiot que je suis ! J'étais tellement axé sur notre visite que pas un instant je n'ai pensé au journal. Naturellement c'est dans le journal que nous trouverons la clé de l'énigme !

Il l'étala sur la table, et un cri de triomphe s'échappa de ses lèvres.

– Regardez, Watson ! C'est un journal de Londres. L'une des premières éditions de l'Evening Standard. Voici ce qui nous manquait. Regardez les titres : « Un crime dans la City. On assassine chez Mawson and William's. Un gigantesque coup monté. Capture du criminel. » Allez, Watson, nous sommes tous également anxieux de savoir : alors, s'il vous plaît, lisez l'article à haute voix.

D'après son emplacement dans le journal, il s'agissait de l'affaire la plus importante de la capitale.

« Une formidable tentative de brigandage, qui se solde par la mort d'un homme et la capture du criminel, a eu lieu cet aprèsmidi dans la City. Depuis quelque temps, Mawson and William's, les agents de change bien connus, assumaient la garde de valeurs dont le total dépassait un million de livres sterling. Le directeur était si conscient de la responsabilité qui lui incombait en raison des grands intérêts en jeu des coffres-forts du dernier modèle avaient été mis en service, et qu'un surveillant armé montait la garde nuit et jour dans le bâtiment. Il est établi que la semaine dernière un nouvel employé du nom de Hall Pycroft fut engagé par la société. Ce Pycroft, en définitive, n'était autre que Beddington, le célèbre faussaire et cambrioleur qui, en compagnie de son frère, venait de purger un emprisonnement de cinq ans. Par des moyens qui n'ont pas encore été précisés, il parvint à obtenir sous un faux nom une situation dans l'établissement ; il l'utilisa à prendre les empreintes de diverses serrures et à connaître l'emplacement de la chambre forte et des coffres.

« Chez Mawson, les employés quittent leur travail le samedi à midi. Le sergent Tuson, de la police de la City, fut donc plutôt surpris de voir quelqu'un muni d'un sac de voyage descendre les marches à une heure vingt. Ses soupçons s'éveillèrent. Le sergent suivit son homme. Avec l'aide de l'agent Pollock, il réussit, en dépit d'une résistance désespérée, à l'arrêter. Immédiatement, il apparut qu'un vol audacieux et considérable avait été commis. Près de cent mille livres de bons des Chemins de fer américains, plus une grosse quantité d'autres titres, furent inventoriés dans le sac. L'examen des lieux amena la découverte du corps du malheureux gardien, plié en deux et enfoncé dans le plus grand des coffres où il n'aurait pas été trouvé avant lundi si le sergent Tuson n'avait pas manifesté autant de zèle que de courage. Le crâne de la victime avait été fracassé par un coup de tisonnier assené par-derrière. Sans aucun doute, Beddington avait pu entrer en simulant d'avoir oublié quelque chose ; il avait tué le gardien, dévalisé le gros coffre, mis le cadavre à la place des valeurs, et il se disposait à partir avec son butin. Son frère, qui est habituellement son associé, n'apparaît pourtant pas dans cette affaire, du moins d'après ce qu'on en peut dire aujourd'hui. Mais la police enquête afin de savoir où il se tient actuellement. »

— Hé bien ! nous pouvons épargner à la police quelques difficultés de ce côté-là ! fit Holmes en lorgnant vers le corps recroquevillé près de la fenêtre. La nature humaine est un étrange composé, Watson ! Voyez comme un bandit doublé d'un assassin peut susciter assez d'affection pour que son frère tente de se suicider quand il apprend que la corde l'attend. Mais nous n'avons pas le choix : le docteur et moi monterons la garde, monsieur Pycroft, pendant que vous pousserez la complaisance jusqu'à aller prévenir la police.

Toutes les aventures de Sherlock Holmes

Liste des quatre romans et cinquante-six nouvelles qui constituent les aventures de Sherlock Holmes, publiées par Sir Arthur Conan Doyle entre 1887 et 1927.

Romans

* Une Étude en Rouge (novembre 1887)
* Le Signe des Quatre (février 1890)
* Le Chien des Baskerville (août 1901 à mai 1902)
* La Vallée de la Peur (sept 1914 à mai 1915)

Les Aventures de Sherlock Holmes

* Un Scandale en Bohême (juillet 1891)
* La Ligue des Rouquins (août 1891)
* Une Affaire d'Identité (septembre 1891)
* Le Mystère de Val Boscombe (octobre 1891)
* Les Cinq Pépins d'Orange (novembre 1891)
* L'Homme à la Lèvre Tordue (décembre 1891)
* L'Escarboucle Bleue (janvier 1892)
* Le Ruban Moucheté (février 1892)
* Le Pouce de l'Ingénieur (mars 1892)
* Un Aristocrate Célibataire (avril 1892)
* Le Diadème de Beryls (mai 1892)
* Les Hêtres Rouges (juin 1892)

Les Mémoires de Sherlock Holmes

* Flamme d'Argent (décembre 1892)
* La Boite en Carton (janvier 1893)
* La Figure Jaune (février 1893)
* L'Employé de l'Agent de Change (mars 1893)
* Le Gloria-Scott (avril 1893)
* Le Rituel des Musgrave (mai 1893)
* Les Propriétaires de Reigate (juin 1893)

* Le Tordu (juillet 1893)
* Le Pensionnaire en Traitement (août 1893)
* L'Interprète Grec (septembre 1893)
* Le Traité Naval (octobre / novembre 1893)
* Le Dernier Problème (décembre 1893)

Le Retour de Sherlock Holmes

* La Maison Vide (26 septembre 1903)
* L'Entrepreneur de Norwood (31 octobre 1903)
* Les Hommes Dansants (décembre 1903)
* La Cycliste Solitaire (26 décembre 1903)
* L'École du prieuré (30 janvier 1904)
* Peter le Noir (27 février 1904)
* Charles Auguste Milverton (26 mars 1904)
* Les Six Napoléons (30 avril 1904)
* Les Trois Étudiants (juin 1904)
* Le Pince-Nez en Or (juillet 1904)
* Un Trois-Quarts a été perdu (août 1904)
* Le Manoir de L'Abbaye (septembre 1904)
* La Deuxième Tâche (décembre 1904)

Son Dernier Coup d'Archet

* L'aventure de Wisteria Lodge (15 août 1908)
* Les Plans du Bruce-Partington (décembre 1908)
* Le Pied du Diable (décembre 1910)
* Le Cercle Rouge (mars/avril 1911)
* La Disparition de Lady Frances Carfax (décembre 1911)
* Le détective agonisant (22 novembre 1913)
* Son Dernier Coup d'Archet (septembre 1917)

Les Archives de Sherlock Holmes

* La Pierre de Mazarin (octobre 1921)
* Le Problème du Pont de Thor (février et mars 1922)
* L'Homme qui Grimpait (mars 1923)

* Le Vampire du Sussex (janvier 1924)
* Les Trois Garrideb (25 octobre 1924)
* L'Illustre Client (8 novembre 1924)
* Les Trois Pignons (18 septembre 1926)
* Le Soldat Blanchi (16 octobre 1926)
* La Crinière du Lion (27 novembre 1926)
* Le Marchand de Couleurs Retiré des Affaires (18 décembre. 1926)
* La Pensionnaire Voilée (22 janvier 1927)
* L'Aventure de Shoscombe Old Place (5 mars 1927)